Analyse de l'œuvre

Par Maria Aalto

L'hibiscus pourpre

Chimamanda Ngozi Adichie

lePetitLittéraire.fr

Analyse de l'œuvre

Par Maria Aalto

L'hibiscus pourpre

Chimamanda Ngozi Adichie

Rendez-vous sur lepetitlitteraire.fr et découvrez :

Plus de 1200 analyses
Claires et synthétiques
Téléchargeables en 30 secondes
À imprimer chez soi

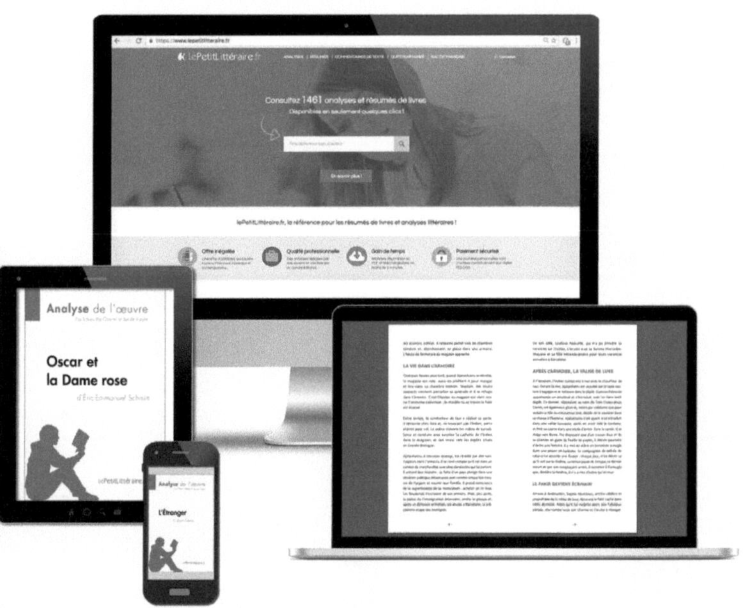

CHIMAMANDA NGOZI ADICHIE

ÉCRIVAINE NIGÉRIENNE

- **Née à Enugu (Nigéria) en 1977.**
- **Travaux notables :**
  - *La moitié d'un soleil jaune* (2006), roman
  - *Americanah* (2013), roman
  - *We Should All Be Feminists* (2014), essai.

Chimamanda Ngozi Adichie est une autrice nigérienne très lue et une icône féministe.

Adichie grandit à Nsukka, au Nigéria. Elle termine ses études aux États-Unis et partage aujourd'hui son temps entre les deux pays.

Les œuvres d'Adichie ont été traduites dans plus de 30 langues. Elle a reçu plusieurs prix pour ses romans, dont le Commonwealth Writers' Prize : Best First Book pour *Purple Hibiscus* et le National Book Critics Circle Award pour *Americanah*. Elle est également autrice de nouvelles et d'ouvrages non fictionnels. Ses conférences TED *The Danger of a Single Story* (2009) et *We Should All Be Feminists* (2012) ont été largement visionnées et commentées. Cette dernière, qui a aussi été publiée sous forme de livre, a suscité beaucoup de conversations sur le féminisme. En effet, le féminisme et l'exploration des rôles de genre sont également des parties importantes de la fiction d'Adichie. Parmi les autres thèmes présents dans ses écrits figurent la race, la religion, l'amour ainsi que la culture et l'histoire nigérienne.

L'HIBISCUS POURPRE

UNE HISTOIRE DE PASSAGE À L'ÂGE ADULTE DANS LE NIGÉRIA POSTCOLONIAL.

- **Genre :** roman
- **Édition de référence :** Adichie, C. N. (2013) *Purple Hibiscus*. Londres : Fourth Estate.
- **1ère édition :** 2004
- **Thèmes :** passage à l'âge adulte, religion, violence (domestique), genre, Nigéria postcolonial.

Purple Hibiscus est une histoire de passage à l'âge adulte qui se déroule dans le Nigéria postcolonial. La vie de Kambili, 15 ans, est contrôlée par son père, violent et fanatiquement religieux. Elle, son frère Jaja et sa mère vivent dans la crainte constante des accès de violence de son père. Tous les aspects de la vie de Kambili et de Jaja sont déterminés par les ordres de leur père. Cependant, lorsqu'ils passent du temps avec leur tante et leurs cousins et voient qu'une autre vie est possible, ils commencent à remettre en question l'autorité de leur père et à rechercher leur propre identité.

L'histoire de Kambili et sa quête d'identité sont centrées sur la religion et la domination patriarcale. La tante de Kambili, une femme forte et indépendante, lui montre que différentes interprétations du christianisme sont possibles. La dynamique du pouvoir concernant le genre et la religion est explorée de manière multicouche et nuancée. Le catholicisme strict apporté au Nigeria par l'ancienne puissance coloniale est comparé aux pratiques religieuses traditionnelles nigériennes et aux interprétations plus authentiquement nigériennes du christianisme. Cela va de pair avec une exploration des rôles de genre au sein des religions, des traditions et de la société nigériennes.

RÉSUMÉ

DIMANCHE DES RAMEAUX : QUAND TOUT S'ÉCROULE

Kambili, la protagoniste et narratrice du roman, commence son histoire au moment où la vie de sa famille change à jamais. Son frère Jaja n'a pas fait sa communion à l'église, ce qui rend leur père, Eugène, furieux. Il jette sa colère sur Jaja, brisant aussi les figurines de sa femme sur l'étagère. Béatrice, la femme d'Eugène, a l'habitude de polir ces figurines après ces accès de violence. Cette scène de violence et les figurines brisées marquent un changement dans leur dynamique familiale et le début de la fin de la vie familiale telle qu'ils la connaissent.

AVANT LE DIMANCHE DES RAMEAUX : AVANT QUE TOUT CHANGE

Kambili décrit sa vie à Enugu, au Nigéria, telle qu'elle était avant le dimanche des Rameaux, avant que Jaja ne se rebelle ouvertement contre leur père. La vie de la famille est centrée sur la religion. La vision du christianisme d'Eugène est stricte, et il punit violemment sa femme et ses enfants pour toute action mineure qu'il perçoit comme un péché. Eugène est un catholique fervent, respecté par son prêtre (blanc) et par sa communauté. Il est également un homme d'affaires prospère et l'éditeur d'un journal pro-démocratie, qui prend courage dans le pays dirigé par les militaires. Il donne de grosses sommes d'argent à des œuvres de charité, à son église et à la communauté. Il semble charismatique et est largement admiré. Eugène attend de sa famille qu'elle soit une parfaite famille chrétienne et contrôle tous les aspects de leur vie. Kambili et Jaja ont des horaires stricts qui déterminent quand ils étudient, prient ou passent du temps en famille. Eugène attend la perfection de ses enfants dans tous les aspects de la vie.

Lorsque la famille va passer Noël dans le village natal de leur père, toute la famille éloignée est invitée chez eux, sauf Papa-Nnukwu, le père d'Eugène. Papa-Nnukwu refuse de se convertir au christianisme et suit plutôt la religion traditionnelle de son peuple, les Igbo. Cela rend Eugène furieux. Il traite son père de « païen » et n'autorise ses enfants à lui rendre visite que pendant 15 minutes, et sous des ordres stricts leur dictant comment se comporter. Il leur est, par exemple, interdit de manger quoi que ce soit dans sa maison. Lorsque la sœur d'Eugène, Ifeoma, arrive avec ses enfants Amaka, Obiora et Chima, elle repart avec Kambili et Jaja. A l'insu d'Eugène, Ifeoma les emmène à un festival traditionnel Igbo avec Papa-Nnukwu. Eugène qualifie le festival de « païen » et n'approuve pas que ses enfants y assistent. Plus tard, Ifeoma invite Kambili et Jaja à venir rendre visite à sa famille à Nsukka. Eugène accepte car Ifeoma dit qu'elle veut emmener les enfants en pèlerinage sur un site où l'on dit que la Vierge Marie est apparue.

A NSUKKA : QUAND LES CHOSES COMMENCENT À CHANGER

La vie chez tante Ifeoma est très différente de celle à laquelle Kambili et Jaja sont habitués à la maison. Ifeoma et ses enfants sont de fervents chrétiens, mais leur foi est pleine de joie et d'amour. Les cousins de Kambili sont encouragés à penser par eux-mêmes et à dire ce qu'ils pensent. Dans cette atmosphère de liberté et d'éducation, Kambili et Jaja commencent à explorer leur identité et à remettre en question les opinions de leur père. Ils restent dans la famille de leur tante plus longtemps que prévu en raison de l'agitation politique et de ses conséquences pour Eugène et son journal. Cela permet à Kambili et Jaja d'explorer davantage la liberté à laquelle ils ne sont pas habitués. Kambili, qui était très calme et incapable de s'exprimer, apprend à dire ce qu'elle pense. Sa transformation est favorisée par le père Amadi, un jeune prêtre nigérien et un ami de la famille de sa tante, qui pratique une forme de christianisme respectant la culture et les traditions nigériennes/igbo. Par exemple, il chante des chants de louange Igbo et travaille en contact étroit avec les enfants et les jeunes de sa communauté.

Lorsque Ifeoma apprend que son père est très malade, elle l'accueille chez elle. Kambili et Jaja, qui ne disent pas à leur père que Papa-Nnukwu habite dans la même maison qu'eux, ont l'occasion de passer du temps avec leur grand-père et d'apprendre de lui leur héritage culturel. Papa-Nnukwu décède, laissant la famille dans le deuil. Lorsqu'Eugène apprend que son père vivait dans la même maison que ses enfants, il vient chercher Kambili et Jaja. Il paie les funérailles de son père, mais n'y assiste pas. Il punit également ses enfants pour ne pas lui avoir parlé de la présence de Papa-Nnukwu en leur brûlant les pieds avec de l'eau chaude.

Amaka donne à Kambili un tableau qu'elle avait fait de Papa-Nnukwu avant que Kambili ne quitte Nsukka. Lorsque Eugène trouve Kambili et Jaja en train d'admirer le portrait de leur grand-père, il bat Kambili si violemment qu'elle doit être hospitalisée. Lorsque Kambili peut quitter l'hôpital, elle et Jaja se rendent à Nsukka où elle peut se rétablir. Un jour, Béatrice se rend à Nsukka après que la dernière crise de violence d'Eugène lui a causé une fausse couche, comme cela s'est déjà produit auparavant. Ifeoma pense que Béatrice devrait quitter son mari, mais Eugène vient chercher sa femme et ses enfants pour les ramener chez lui. Le lendemain, le dimanche des Rameaux, Jaja défie l'autorité de son père.

APRÈS LE DIMANCHE DES RAMEAUX : QUAND TOUT A CHANGÉ

A la maison, après que Jaja se soit rebellé contre son père, la vie de famille est changée à jamais. Jaja ne se plie plus à la volonté de son père, et tout le monde ressent ce changement. Jaja informe Eugène qu'il va partir à Nsukka avec Kambili. La famille de tante Ifeoma se prépare à partir pour l'Amérique, car elle a perdu son emploi de professeur à l'université. Le père Amadi se prépare lui aussi à partir : il va aller en Allemagne pour faire du travail de missionnaire. Kambili et Jaja sont inquiets à cause de ces changements.

Plus tard, Béatrice appelle pour dire qu'Eugène est mort. De retour chez elle, après l'appel de la police qui les informe qu'on a trouvé du poison dans l'autopsie d'Eugène, elle dit à Kambili et Jaja que c'est elle qui avait mis du poison dans son thé. Lorsque la police arrive, Jaja dit qu'il est celui qui a empoisonné Eugène et est arrêté.

PRÉSENT

Trois ans plus tard, Jaja est en prison pour avoir tué son père, malgré l'insistance de Béatrice à dire que c'est elle qui a commis le crime. Kambili est devenue une jeune femme confiante au cours des dernières années, bien que sa vie soit marquée par le passé violent de sa famille et par la tristesse causée par l'emprisonnement de Jaja. Béatrice est devenue dépressive à cause de la souffrance de son fils, mais la fin du roman est porteuse d'espoir, car il semble que Jaja sera libéré bientôt.

ÉTUDE DE CARACTÈRE

KAMBILI

Kambili est une adolescente calme, réfléchie et timide. Son père, violent et fanatiquement religieux, contrôle tous les aspects de sa vie. Kambili aime et craint à la fois son père : elle est désireuse de lui plaire, mais terrifiée par sa colère. Au début du roman, Kambili est souvent incapable de parler, les mots restant coincés dans sa gorge à cause de l'anxiété. De nombreuses filles de son école et sa cousine Amaka pensent qu'elle se comporte comme une snob en raison de son milieu aisé, mais Kambili est incapable de faire comprendre aux autres qui elle est vraiment. C'est en grande partie parce qu'elle n'a jamais eu la chance d'être autre chose que ce que son père attend d'elle. Lorsqu'elle apprend à se détendre, à s'amuser et à exprimer ses pensées en passant du temps avec la famille de sa tante, elle se transforme peu à peu en une jeune femme intelligente et sûre d'elle, qui embrasse ses racines igbo et sa religion catholique. À la fin du roman, Kambili a appris à rechercher le bonheur dans sa foi au lieu de vivre dans la peur du péché. Elle a également noué des liens étroits avec sa tante, ses cousins et le père Amadi. Ces relations lui apportent bonheur, réconfort et force.

JAJA

Jaja est le frère aîné de Kambili. Il est calme et intelligent. Il s'exprime plus facilement que Kambili, mais lui aussi vit dans la crainte de son père. Jaja aussi est changé par l'expérience du temps passé avec la famille de tante Ifeoma. Il grandit, apprend à prendre des responsabilités pour lui-même et pour sa famille, et finit par se rebeller contre l'autorité de son père. Il est protecteur envers sa sœur et sa mère. L'exemple le plus évident est le fait qu'il endosse la responsabilité du meurtre de son père à la place de sa mère. Comme Kambili, Jaja réévalue lui aussi sa relation avec la religion, mais dans son cas, cela ne le conduit pas à embrasser un autre type de christianisme. Au contraire, il remet en question le christianisme, ou plus précisément, le rôle de la souffrance dans le christianisme. Lorsque Kambili affirme que Dieu est le meilleur et qu'il travaille de façon mystérieuse, Jaja répond : « Bien sûr que Dieu le sait. [...] Mais t'es-tu déjà demandé pourquoi ? Pourquoi a-t-il fallu qu'il assassine son propre fils pour que nous soyons sauvés ? Pourquoi n'a-t-il pas simplement pris les devants et nous a sauvés ? » (p. 289). Pourtant, comme le remarque Wallace, l'opinion de Jaja est contredite par ses actes. Peu après cet échange, il confesse un meurtre qu'il n'a pas commis pour sauver sa mère, et ainsi « se sacrifie pour racheter sa mère, entrant effectivement dans le rôle du Christ dont il a si récemment et passionnément contesté le sacrifice » (Wallace 2012 : 478). Ce qui est clair, c'est que Jaja s'engage personnellement dans les questions éthiques et cherche à comprendre et à faire des choix moraux selon sa propre conscience plutôt que de suivre les règles morales dictées par les enseignements religieux.

EUGÈNE/PAPA

Eugène, appelé « Papa » dans la voix narrative de Kambili, est un homme autoritaire et fanatiquement religieux. C'est un homme charismatique qui jouit du respect de sa communauté. Il est fréquemment félicité par le père Benedict, le prêtre blanc de son église. Il est l'éditeur d'un journal politiquement engagé et un homme d'affaires prospère qui donne d'importantes sommes d'argent à des œuvres de charité et à son église. Derrière des portes closes, cependant, c'est un homme tyrannique qui réagit avec rage et violence à tout incident mineur qui ne va pas dans le sens de sa volonté. Cela fait de lui un personnage ambigu. Malgré sa violence, il semble aimer sa famille : par exemple, il pleure lorsque ses enfants partent pour Nsukka (p. 109). En fait, il pleure souvent après ses accès de violence. Dans ces épisodes, il dit à sa famille qu'il l'aime et semble être un homme fragile et brisé. Après avoir puni Kambili en lui brûlant les pieds avec de l'eau bouillante, il lui dit qu'il le fait « pour son bien » (p. 196), et qu'un prêtre, « le bon père » (*ibid.*), l'avait puni de la même façon dans sa jeunesse, pour son bien. Bien sûr, cela ne justifie pas le comportement violent d'Eugène, mais cela montre qu'il a eu ses propres expériences traumatiques (enracinées dans la domination coloniale) qui l'ont façonné.

BÉATRICE/MAMAN

Béatrice, appelée « Mama » dans le récit de Kambili, est une femme calme et pieuse qui vit dans l'ombre de son mari violent. Son mari la bat régulièrement, et sa violence lui a causé au moins deux fausses couches. Béatrice est docile et, au départ, incapable de se protéger, ni elle et ses enfants, contre son mari. Cependant, elle finit par mettre fin au cycle de la violence en l'empoisonnant. Lorsque Jaja endosse la responsabilité de l'acte de sa mère et que Béatrice ne parvient pas à convaincre qui que ce soit de sa culpabilité, elle sombre dans une profonde dépression. La libération probable de son fils lui offre un peu d'espoir à la toute fin du roman.

TANTE IFEOMA

Tante Ifeoma est la sœur d'Eugène. C'est une femme gentille et intelligente qui rit facilement. Elle est professeur d'université et croit que les femmes doivent recevoir une éducation et ne pas seulement aspirer au mariage. Elle est indépendante et parvient à s'occuper seule de ses trois enfants après la mort de son mari. Elle est une catholique fervente, mais elle est aussi libérale et ouverte d'esprit. Par exemple, elle ne juge pas son père parce qu'il ne s'est pas converti au christianisme comme le fait son frère. Ifeoma encourage ses enfants à penser par eux-mêmes, à débattre et à exprimer leurs opinions. Son influence et ses encouragements sont cruciaux pour la quête d'identité de Kambili et de Jaja. Lorsqu'elle décide de partir en Amérique après avoir perdu son emploi à l'université pour des raisons politiques (Ifeoma croit en la démocratie et n'a pas peur de dire ce qu'elle pense), Kambili et Jaja sont désespérés à l'idée d'être séparés d'elle et de sa famille.

AMAKA

Amaka est la cousine de Kambili. Au début, Amaka et Kambili ne se comprennent pas, mais au fur et à mesure qu'elles apprennent à se connaître, un lien fraternel se forme entre elles. Amaka est intelligente, franche et passionnée par son héritage Igbo. Par exemple, elle préfère écouter de la musique nigérienne plutôt que de la musique américaine. Elle est également très proche de son grand-père et respecte ses croyances. Elle ne veut pas aller en Amérique car elle se sent liée à son pays. Amaka représente une jeune Nigérienne éduquée qui rejette les valeurs coloniales et cherche à s'émanciper grâce à son propre héritage culturel.

OBIORA

Obiora est le cousin de Kambili. Il est plus jeune que Jaja mais semble plus mature. On lui a permis de devenir un penseur indépendant. Contrairement à sa sœur, Obiora veut aller en Amérique parce qu'il croit qu'il y a plus d'opportunités aux Etats-Unis pour tout le monde, surtout dans le climat actuel d'agitation politique au Nigéria, avec les grèves et les licenciements à l'université. Obiora a assumé le rôle de l'homme de la maison après la mort de son père, bien que la tante Ifeoma ait clairement indiqué qu'elle était l'adulte de la maison. Jaja apprend à prendre plus de responsabilités et à exprimer ses opinions plus fermement après avoir passé du temps avec lui. Obiora représente le jeune homme intelligent, frustré par le climat politique de son pays et avide d'opportunités.

CHIMA

Chima a sept ans et est le plus jeune des cousins de Kambili. C'est un enfant brillant et heureux. Il grandit dans un foyer où ses parents et ses frères et sœurs sont attentionnés, ce qui crée un sentiment de sécurité qui fait défaut dans l'enfance de ses cousins. Kambili est surprise par la façon dont tante Ifeoma lui parle, comme si elle s'attendait à ce qu'il comprenne des idées compliquées. Cela lui permet de se développer d'une manière qui n'était pas possible pour Kambili ou Jaja quand ils avaient son âge.

PAPA-NNUKWU

Papa-Nnukwu est le grand-père paternel de Kambili. Il a refusé de se convertir au christianisme. Son fils le traite de « païen » et refuse d'avoir des contacts avec lui. Sa fille, en revanche, le qualifie de « traditionaliste » et le respecte pour ce qu'il est. Kambili apprend que la foi de Papa-Nnukwu est belle et qu'être chrétien ne signifie pas forcément tourner le dos aux gens comme lui. Papa-Nnukwu représente les traditions Igbo sous une forme aussi pure qu'il est possible de le trouver dans le Nigéria postcolonial.

PÈRE AMADI

Le père Amadi est un jeune prêtre nigérian. Il est gentil, intelligent et impliqué dans sa communauté. Kambili tombe amoureuse de lui, et elle semble avoir une place spéciale dans son cœur aussi, bien que la relation ne se développe pas vers quelque chose d'inapproprié pour un prêtre catholique. Le père Amadi encourage Kambili à dire ce qu'elle pense et à rechercher son identité. Il lui apprend à rechercher la joie dans sa religion. Il rapproche également le christianisme de son propre milieu culturel et le rend ainsi plus accessible aux membres de sa communauté. Le père Amadi est très différent du père Benedict, le prêtre blanc de l'église d'Eugène, qui enseigne une interprétation rigide du catholicisme, liée à l'ancienne puissance coloniale. Les contrastes entre ces deux personnages sont représentatifs des différents rôles que peut jouer le christianisme au Nigéria.

UN ROMAN POSTCOLONIAL

L'Hibiscus pourpre, qui se déroule dans le Nigéria postcolonial, peut être décrit comme un roman postcolonial. Dans sa définition la plus large, le terme postcolonial fait référence à « toutes les cultures affectées par le processus impérial depuis le moment de la colonisation jusqu'à nos jours » (Ashcroft et al., 1989 : 2). Bien qu'il existe d'autres définitions plus restrictives, cette définition large est utile car elle englobe toute l'étendue des cultures et de la littérature qui entrent dans le cadre de ce terme. En ce qui concerne le postcolonialisme dans ce roman, le Nigéria, une ancienne colonie britannique, doit accepter son passé colonial et construire une nation cohésive à partir de divers groupes ethniques. Ainsi, dans un sens plus restrictif, *L'Hibiscus pourpre* décrit un pays en proie à de profonds troubles politiques, la nation soignant ses blessures de l'ère coloniale. Ce type de roman postcolonial est écrit après la fin du colonialisme, et avec un point de vue critique. Simoes da Silva décrit Adichie comme une écrivain africaine de « troisième génération ». Il explique que « ce qui distingue le travail des écrivains africains de la « troisième génération », c'est la manière confrontante dont ils explorent l'identité fragile de la nation postcoloniale et les thèmes autrefois jugés trop problématiques, tels que la violence domestique, la violence sexiste et la sexualité » (2012 : 457). En effet, l'écriture d'Adichie est critique du colonialisme, mais elle est également consciente de problèmes tels que l'inégalité des sexes dans la société nigérienne. Bien qu'elle soit une écrivain d'une nouvelle génération, la fiction d'Adichie est ancrée dans la tradition littéraire de sa culture. En fait, le livre s'ouvre en rendant hommage à un célèbre écrivain nigérien, Chinua Achebe, l'auteur de *Things Fall Apart* : « *Les choses ont commencé à s'effondrer* à la maison lorsque mon frère, Jaja, n'est pas allé à la communion » (p. 3, c'est nous qui soulignons). Cela montre que le roman d'Adichie est effectivement étroitement lié à une tradition antérieure, bien qu'elle ait donné une nouvelle direction à son écriture. Parmi les thèmes les plus importants de *L'Hibiscus pourpre* figurent la religion, la violence, le genre et la quête d'identité.

RELIGION

La religion joue un rôle important dans ce roman. Trois types de pratiques religieuses se mesurent les unes aux autres dans *L'Hibiscus pourpre*. Tout d'abord, il y a le catholicisme strict pratiqué par Eugène et le père Benedict. Ce type de christianisme est autoritaire, patriarcal et associé à la religion apportée au Nigéria par la puissance coloniale officielle. Cette version du catholicisme est si inflexible qu'elle est restée très européenne au lieu de s'adapter à la culture locale. Deuxièmement, il y a le christianisme gentil et flexible pratiqué par la famille de tante Ifeoma et le père Amadi. Ce type de religion intègre la langue et la culture locale, ce qui permet aux Nigériens de la vivre comme authentiquement la leur. Enfin, il y a la religion traditionnelle nigérienne/Igbo pratiquée par Papa-Nnukwu. Ce dernier type de religion est généralement décrit de façon positive dans *Purple Hibiscus*, comme faisant partie de l'héritage culturel Igbo. Cependant, comme le souligne Wallace (2012 : 472), Adichie expose également l'inégalité des sexes au sein de la tradition Igbo. Par exemple, pendant le festival traditionnel Igbo, Papa-Nnukwu souligne la différence entre les esprits féminins et masculins, les « mmuo ». Les mmuo féminins sont inoffensifs, mais les femmes ne peuvent pas regarder les puissants mmuo (p. 85-86). Les différents types de religions sont explorés selon leur rôle dans la société nigérienne et leur place dans l'identité d'une personne. Par exemple, Kambili change le type de christianisme qu'elle pratique lorsqu'elle affirme sa propre identité, distincte de la volonté de son père. L'exploration complexe des pratiques religieuses par Adichie montre que si la religion peut fonctionner comme une source d'oppression dans certaines circonstances, elle peut aussi être un outil d'émancipation.

VIOLENCE (DOMESTIQUE)

La vie des personnages de *Purple Hibiscus* est marquée par la violence. La forme la plus évidente est la violence domestique dont sont victimes Kambili, Jaja et Beatrice. Les accès de violence d'Eugène créent une atmosphère de peur et d'oppression dans leur famille. La violence physique est liée à la tyrannie psychologique : Eugène contrôle tout, et pendant longtemps, Kambili, Jaja et Béatrice se sentent impuissants face à lui. Le contrôle psychologique qu'Eugène exerce sur sa famille est si fort qu'ils croient au moins en partie qu'il a raison, qu'il agit dans leur intérêt. Eugène a lui-même subi de violentes punitions de la part du prêtre catholique dans sa jeunesse, ce qui contribue à expliquer son état d'esprit actuel, perturbé. La peur de l'enfer est si forte chez Eugène qu'elle contrôle tout ce qu'il fait. C'est un chrétien fervent qui donne aux œuvres de charité, mais qui ne parvient pas à trouver la paix et l'acceptation dans sa foi. Au lieu de cela, il utilise la religion comme une excuse pour exercer un contrôle sur sa famille. Après des années de violence physique et psychologique, Béatrice décide d'y mettre un terme en l'empoisonnant. Les cycles de violence se terminent par la violence, et tout le monde en sort blessé.

Outre la violence domestique, on trouve dans le roman des exemples de violence politique et militaire. Par exemple, Ade Coker, le rédacteur en chef du journal d'Eugène, est tué parce que le journal ose critiquer le régime en place. L'agitation politique et la souffrance personnelle des personnages ont des conséquences similaires. La peur et les traumatismes marquent à vie les individus concernés.

GENRE

Le genre joue un rôle central dans *Purple Hibiscus*. Adichie problématise l'inégalité des sexes dans divers contextes, notamment l'autorité patriarcale au sein de l'Église catholique et de la culture nigériane/Igbo. En outre, le sexisme prend des formes plus intimes au sein de familles telles que celle d'Eugène. Non seulement il bat sa femme, mais il la contrôle de la même manière qu'il contrôle ses enfants. Béatrice se sent impuissante face à lui. Elle dépend de lui et ne pense pas avoir d'autre choix que d'être avec lui. Après qu'Eugène l'ait battue au point qu'elle fasse une fausse couche, et qu'elle vienne chercher du soutien auprès d'Ifeoma, elle se prépare à retourner chez lui parce qu'elle a l'impression de n'avoir nulle part où aller. Elle demande : « Où irais-je si je quitte la maison d'Eugène ? » (p. 250). Il semblerait qu'elle voit dans le fait de le tuer le seul moyen de mettre fin à ses abus.

Kambili aussi est soumise à la volonté de son père. Elle aussi se sent impuissante et est incapable de communiquer ses pensées. Avant de passer du temps à Nsukka, elle parlait à voix basse, voire pas du tout. Sous l'influence stimulante de sa tante et du père Amadi, et grâce à l'exemple de ses cousins, Kambili trouve sa voix. Elle commence à parler plus fort et à exprimer ses opinions. Elle apprend à rire et à s'amuser. La religion lui donne du pouvoir lorsqu'elle la fait sienne. La transformation de Kambili est significative d'un point de vue féministe : son émancipation montre qu'il existe un espoir pour les femmes opprimées.

Toutes les femmes du roman ne sont pas opprimées. Tante Ifeoma et sa fille Amaka représentent des femmes autonomes. Lorsque le mari d'Ifeoma était encore en vie, il la traitait avec respect. Après sa mort, Ifeoma parvient à élever seule ses trois enfants. Ifeoma est indépendante, instruite et a son franc-parler. Elle est un bon modèle pour sa fille, qui est tout aussi confiante et autonome. Ces deux femmes aident Kambili dans son émancipation et offrent des modèles de femmes africaines heureuses et puissantes.

UNE HISTOIRE DE PASSAGE À L'ÂGE ADULTE

Purple Hibiscus peut être décrit comme une histoire de passage à l'âge adulte. Kambili et Jaja quittent l'enfance, et doivent chercher leur identité et assumer la responsabilité de leurs actions et de leurs opinions. Ce n'est une tâche facile pour personne, et encore moins pour des jeunes qui n'ont jamais eu la chance d'explorer leur identité ou leurs opinions. Jusqu'à leur séjour à Nsukka avec tante Ifeoma et leurs cousins, Eugène a tout décidé pour eux. Ils apprennent maintenant à remettre en question l'autorité de leur père et à donner un sens au monde à leur manière. Ils tournent tous deux le dos à l'interprétation autoritaire et infernale du christianisme d'Eugène, et deviennent plus indépendants et confiants. Leur évolution est différente l'un de l'autre, ce qui est significatif car cela montre leur individualité, qui n'avait pas eu la chance de s'épanouir avant leur séjour à Nsukka. Alors que la transformation positive de Kambili l'aide à trouver la joie et la paix, Jaja cherche à comprendre et à prendre des responsabilités. Il finit par assumer la responsabilité de la mort de son père pour protéger sa mère. Il subit la dure réalité de la vie en prison pour sa mère. Il ne trouve pas la joie que sa sœur trouve, mais il devient l'homme de la famille dans le sens positif du terme.

STYLE

Les caractéristiques stylistiques les plus remarquables du roman sont la voix narrative, à savoir le récit à la première personne, qui raconte l'histoire du point de vue de Kambili, et l'utilisation de la langue Igbo.

L'utilisation de la voix narrative de Kambili signifie que la narration est subjective. Le lecteur reçoit la version de l'histoire de Kambili, et tout ce qui est décrit est coloré par sa vision. Par conséquent, les autres personnages sont décrits comme elle les voit. Par exemple, Eugène, qui est un homme abusif et contrôlant, est décrit à travers ses yeux aimants. Si Kambili voit la violence d'Eugène comme toute autre personne, elle voit aussi ses larmes et son amour pour sa famille. Cela ajoute de la profondeur à la narration. Eugène reste un homme violent, mais le lecteur a également un aperçu de son humanité. Le lecteur observe ainsi l'histoire telle que vécue par Kambili dans toute sa complexité.

L'utilisation de Kambili comme narratrice est également significative d'un point de vue féministe, car elle lui donne symboliquement une voix. Kambili, une jeune fille qui ne pouvait pas s'exprimer au début du roman, se voit offrir la scène. C'est sa voix et ses opinions qui comptent, car c'est elle qui est choisie pour raconter l'histoire.

Un autre élément important concernant le style est l'utilisation de la langue Igbo, qui rend l'histoire plus authentique et souligne l'importance de l'héritage Igbo. Le choix de la langue des personnages, Igbo ou anglais, est significatif. Eugène, qui est un produit du colonialisme, préfère l'anglais et utilise principalement l'igbo lorsqu'il perd le contrôle. En revanche, Papa-Nnukwu, qui s'accroche à sa culture, ne parle que l'igbo. Les autres personnages utilisent les deux langues de manière plus souple. Le fait que la langue igbo soit incluse dans le roman témoigne de l'appréciation de la langue africaine. Cette affirmation de l'authenticité africaine est importante dans le contexte postcolonial : le fait qu'une langue africaine reste utilisée et appréciée dans la littérature est valorisant.

POURSUITE DE LA RÉFLEXION

QUELQUES QUESTIONS À MÉDITER...

- Kambili apprend à remettre en question l'autorité de son père après avoir passé du temps avec sa tante, ses cousins, son grand-père et le père Amadi. Comment ces différents personnages contribuent-ils à l'évolution de l'état d'esprit de Kambili ?
- À votre avis, pourquoi Jaja avoue-t-il un crime qu'il n'a pas commis ?
- Décrivez la relation entre Kambili et Jaja. Comment évolue-t-elle au cours du roman ?
- Kambili est-elle une narratrice fiable ? Comment sa perspective subjective influence-t-elle notre interprétation des événements du roman ?
- Discutez des croyances religieuses d'Eugène.
- Discutez des différences entre Amaka et Obiora. Pourquoi ressentent-ils si différemment la perspective de déménager en Amérique ?
- À votre avis, qu'est-ce qui fait de *L'Hibiscus pourpre* un roman féministe ? Discutez du rôle des différents personnages féminins.
- À votre avis, que pouvons-nous apprendre de Papa-Nnukwu ? Un personnage comme lui peut-il atteindre une partie précoloniale de la culture nigériane ?

AUTRES LECTURES

EDITION DE RÉFÉRENCE

- Adichie, C. N. (2013) *Purple Hibiscus*. Londres : Fourth Estate.

ÉTUDES DE RÉFÉRENCE

- Achebe, C. (2010) *Things Fall Apart*. Londres : Penguin Books.

- Ashcroft et al. (1989) *The Empire Writes Back : Theory and Practice in Post-Colonial Literatures*. Londres : Routledge.

- Simoes da Silva, T. (2012) Embodied genealogies and gendered violence in Chimamanda Ngozi Adichie's writing, *African Identities*, 10:4, pp. 455-470.

- Tunca, D. (Pas de date) *The Chimamanda Ngozi Adichie Website*. [En ligne]. [Consulté le 23 septembre 2018]. Disponible à l'adresse suivante : < http://www.cerep.ulg.ac.be/adichie/index.html>

- Wallace, C.R. (2012) "Chimamanda Ngozi Adichie's Purple Hibiscus and the Paradoxes of Postcolonial Redemption", *Christianity and Literature*, 61:3, pp. 465-483.

SOURCES SUPPLÉMENTAIRES

- Site officiel de l'auteur https://www.chimamanda.com/

PLUS DE BRIGHTSUMMARIES.COM

- Guide de lecture – *Americanah* de Chimamanda Ngozi Adichie.

- Guide de lecture – La *moitié d'un soleil jaune* de Chimamanda Ngozi Adichie.

Votre avis nous intéresse !
Laissez un commentaire sur le site de votre librairie en ligne
et partagez vos coups de cœur sur les réseaux sociaux !

leの PetitLittéraire.fr

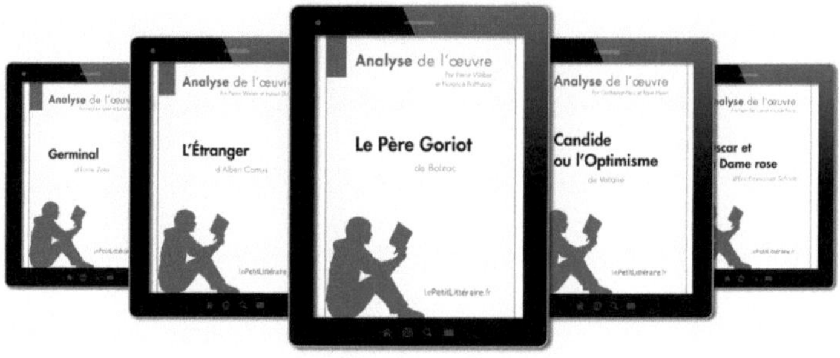

- des analyses de livres
- des fiches de lectures
- des commentaires littéraires
- des questionnaires de lecture
- des résumés

**Retrouvez
notre offre complète sur**
lePetitLittéraire.fr

www.lepetitlitteraire.fr

ISBN version numérique : 9782808684446
ISBN version papier : 9782808685245
Dépôt légal : D/2023/12603/1024

Conception numérique : Primento,
le partenaire numérique des éditeurs.